designs

5

五十嵐大介

story and artwork by DAISUKE IGARASHI

contents

我喜歡「疾病」。

21.捉迷藏
結束了（後篇）

「疾病」啊，

顯現出生物潛藏的可能性。

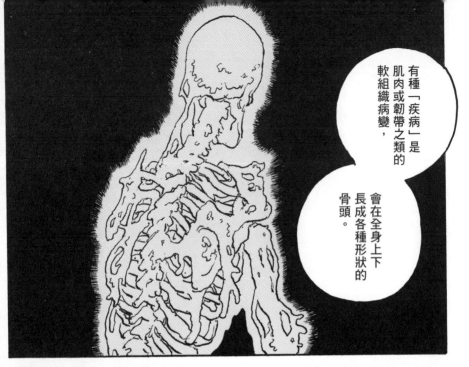

有種「疾病」是肌肉或韌帶之類的軟組織病變，

會在全身上下長成各種形狀的骨頭。

還有種「疾病」是皮膚會變質、變形。

有種「疾病」則是全身肌肉會肥大化。

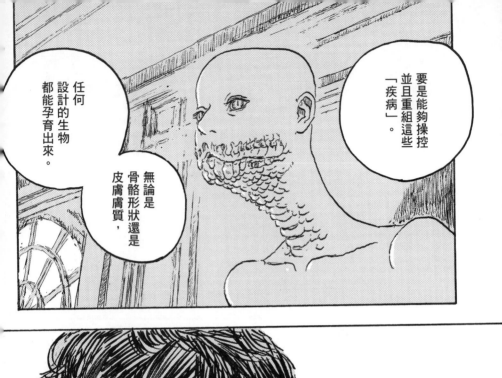

要是能夠操控並且重組這些「疾病」。

任何設計的生物都能孕育出來。

無論是骨骼形狀還是皮膚膚質，

我跟「疾病」是朋友。

嚓嚓嚓嚓

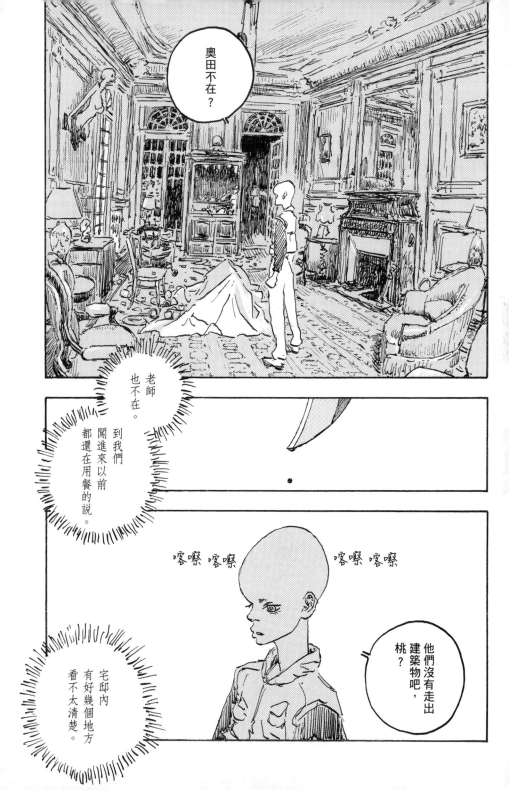

（喀嚓喀嚓）

這是會吸掉聲音的特殊布料。

喀嚓喀嚓

罩著這種布一動也不動的話,我們就很難發現。

聲音的迷彩是吧。

是奧田做的蟲嗎?

（噠噠）

（噠）

垂死掙扎。

不過似乎還是稍微拖到我殺人的步調。

真是令人煩躁。

喀嚓喀嚓喀嚓

這後面聲音要被阻隔了。

我這邊也發現了隔音門。

這就是「禁止打開的房間」。

KEEP CLOSED

我要闖進去了——捉迷藏結束了。

21:end

機伊伊
伊…

KEEP
CLOSED

22.老師的感應器

HA（Humanized Animal 人化動物）……基因編輯而成使動物人類化的生命體。

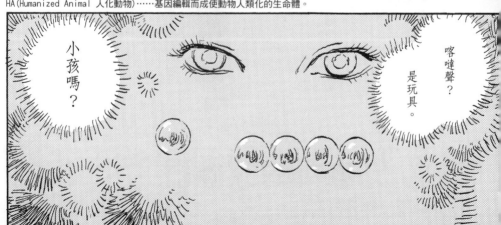

嗒達 嗒達 嗒達

嗒達 嗒達

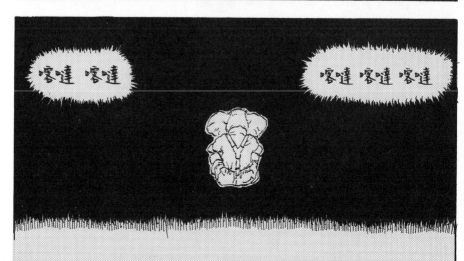

嗒達 嗒達

嗒達 嗒達 嗒達

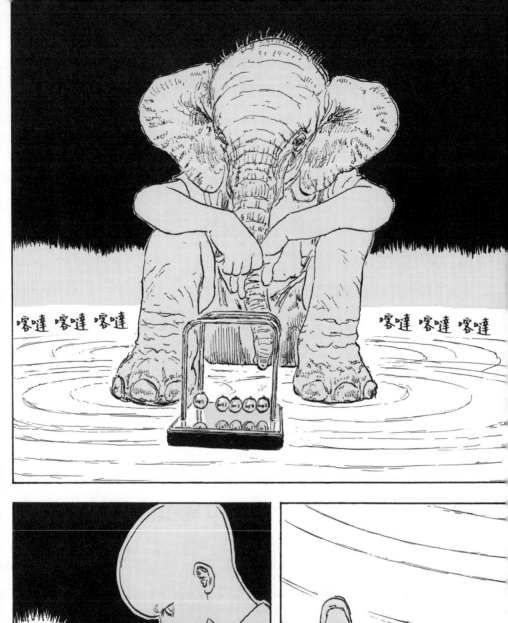

喀嚓 喀嚓 喀嚓 喀嚓

奥田在哪裡呢…

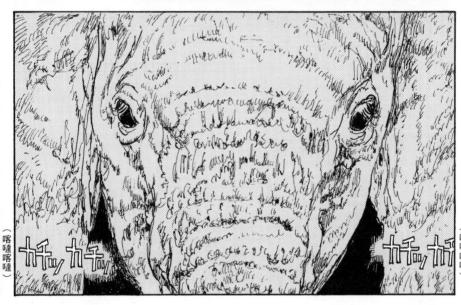

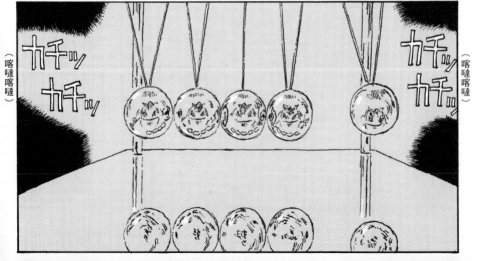

掌握到海豚的資金來源了嗎？

我還在調查，這是不是誘餌。

他們在暗網公開了一千人的殺人名單，以此來招募贊助者。

海豚登的？

所以還是維多利亞的計畫囉？她人呢？

還是行蹤不明。

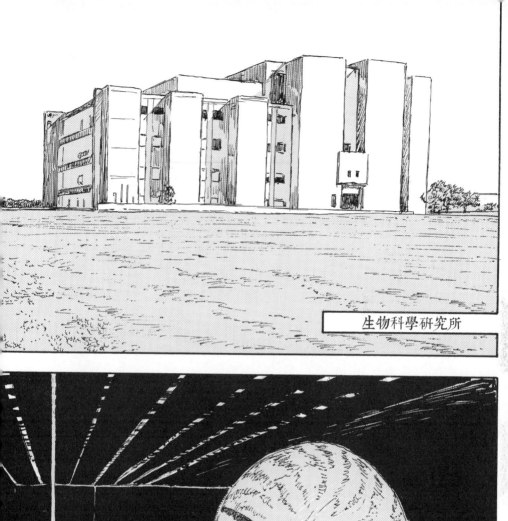

生物科學研究所

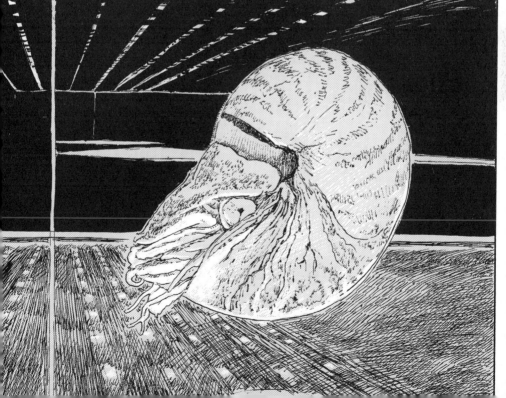

這也是武器嗎？

是寵物，觀賞兼實驗用的。

不用餵食飼料也不需要照顧⋯我們正在創造能當室內裝飾的生物。

這也是解決糧食問題的其中一種方法。

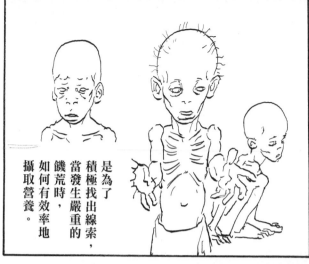

創造出
不吃飼料也能
活的家畜，

是為了
積極找出線索，
當發生嚴重的
饑荒時，
如何有效率地
攝取營養。

敝社的技術
實際上不知道
支持著多少人的
生命。

山孟都成立以來
就傾全社之力
對付糧食問題。

你們公司，
用基因改造作物
搭配農藥，
支配了整個農業
生產的結構，

那是幾乎能
撼動國家政策的
「力量」，

等同於強大的
武器啊。

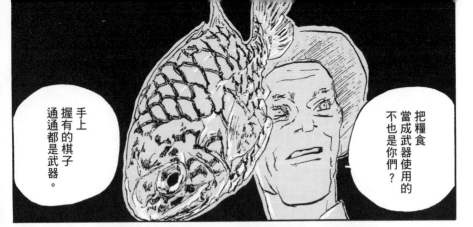

把糧食當成武器使用的不也是你們？

手上握有的棋子通通都是武器。

那也是「為了全世界，為了全人類」。

過世的父親可是深信不疑唷。

用這理由把他算在一千人的殺人名單裡，還真是無言啊。

「為了全世界，為了全人類」。

那名單上，還有我的四個哥哥喔。

哼哼。

搞不好就是這樣⋯⋯才把他算在名單裡。

請解決掉名單上的前兩個就好，畢竟兄弟只剩我一個會被說三道四。

三小時前才追加的。也加了你的名字。

盡量別弄得像人為的樣子。反正就照你們的做法吧。

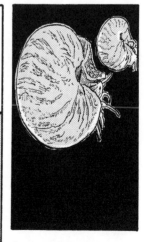

他之所以這麼做，不就是想隱瞞HA的存在，讓我們當真兄嗎？

也許吧。

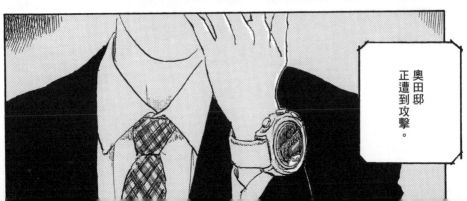

趕不上吧。

我們雖然已經派了增援…

恐怕趕不上。

不知道青蛙公主
能不能守護奧田
到最後。

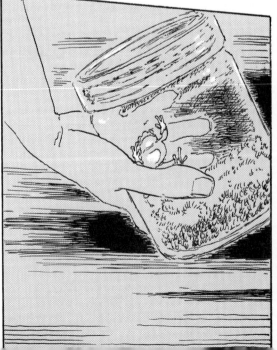

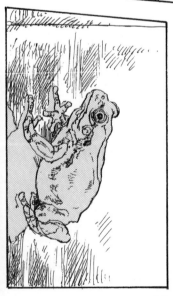

照這情況下去，為了殺掉名單上那一千人，會殺掉五萬人啊。

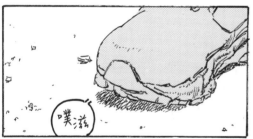

噗滋

這是老師的感應器吧。

藍，我們先會合吧。

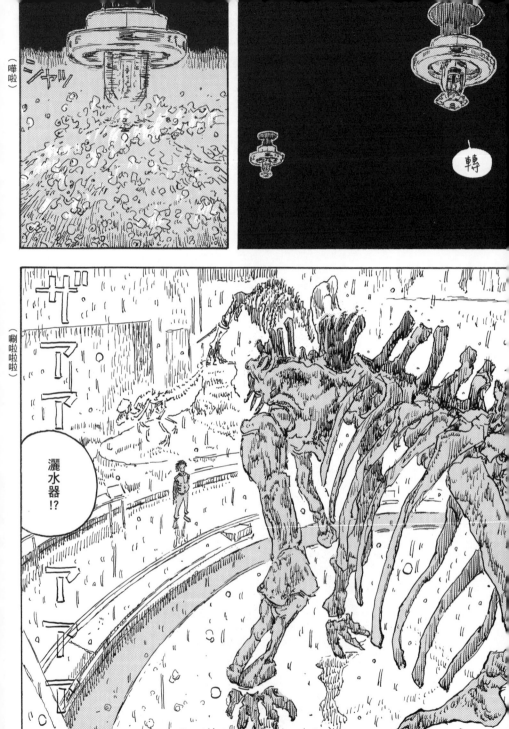

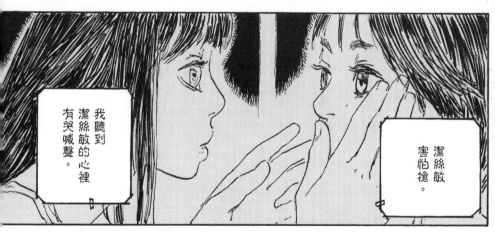

我聽到潔絲敏的心裡有哭喊聲。

潔絲敏害怕槍。

潔絲敏還有其他能幫忙的事。

ザァァァァ

（嘩啦啦啦啦啦）

23. 水中芭蕾

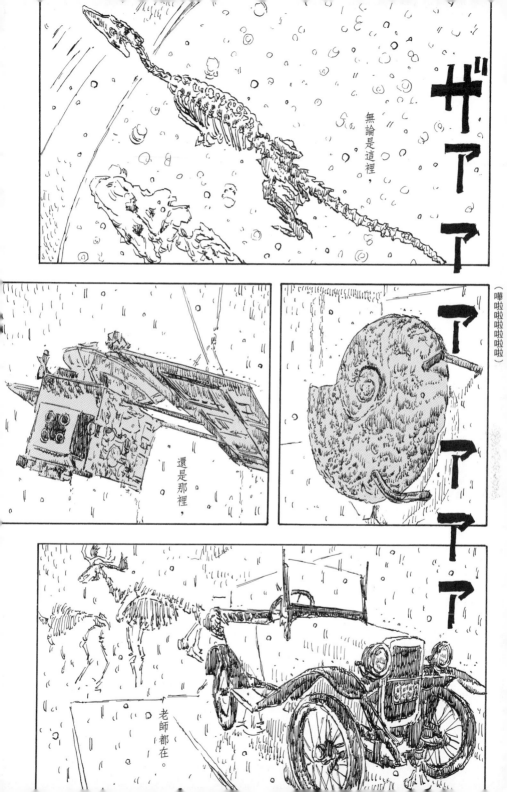

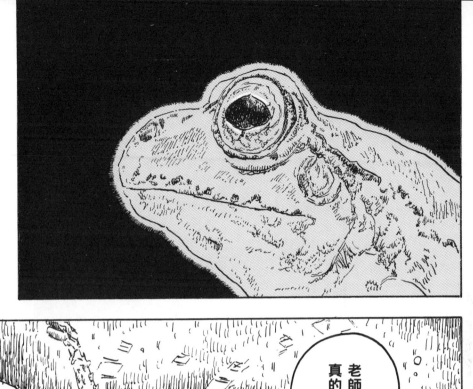

老師是來真的。

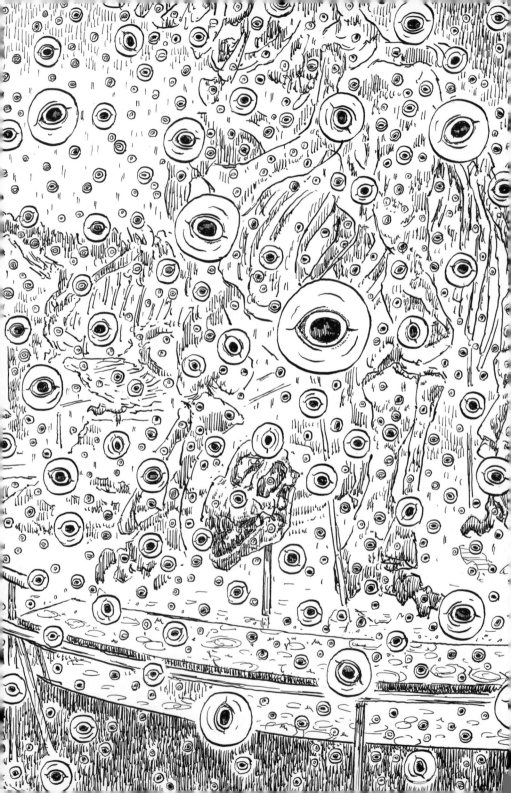

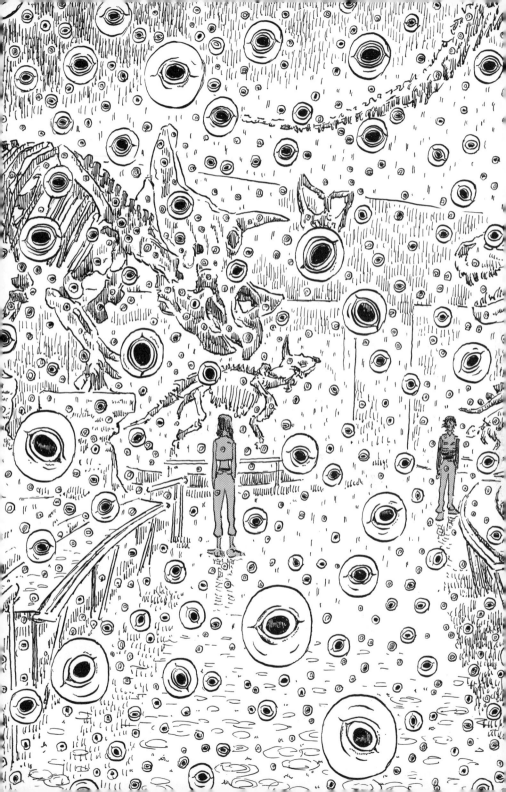

收到，主力部隊抵達前先待命。

（碰啪滋）

（嘩啦啦啦啦）

喀啦

72

嗒啦

用聲納探測器的
SONAR
探測聲暫時擾
亂海豚。

我
的
槍
的
槍
聲

是
暗
號
。

（嘩啦啦啦啦啦）

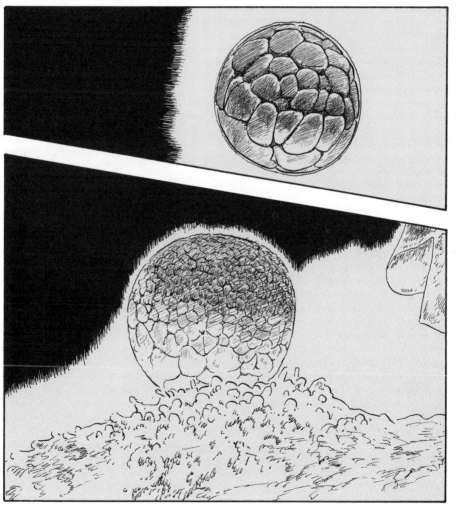

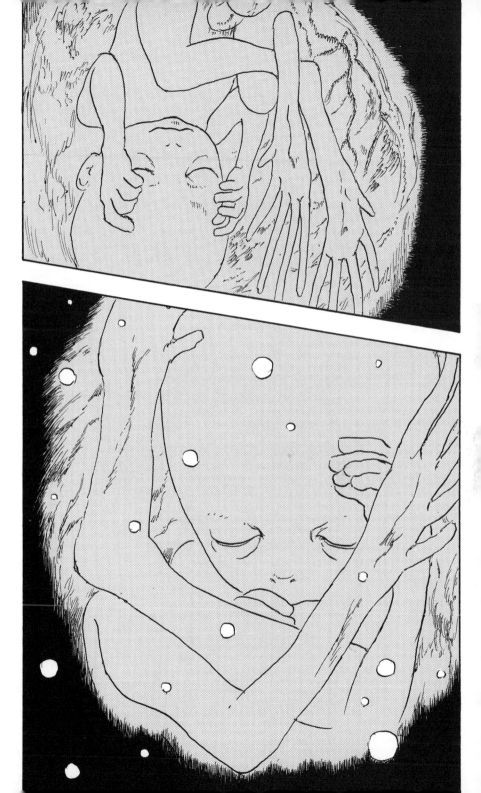

聽起來
像首歌。

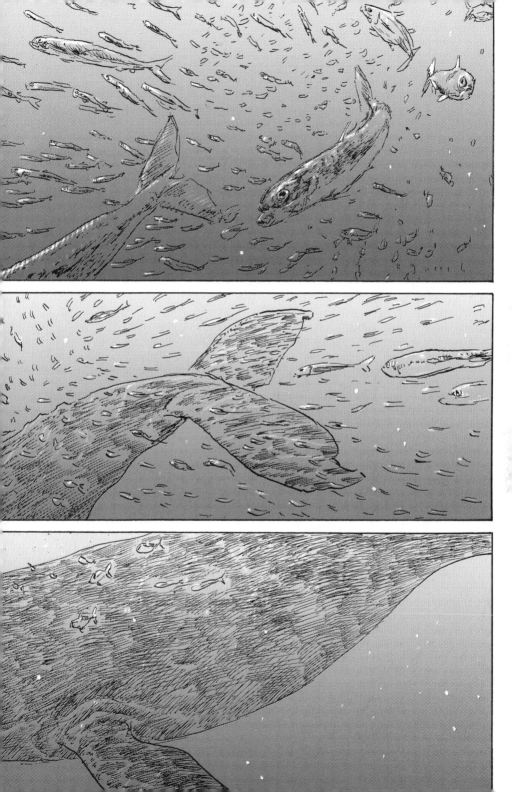

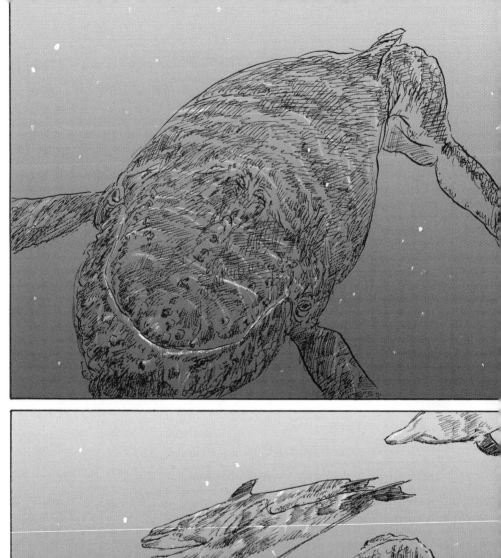

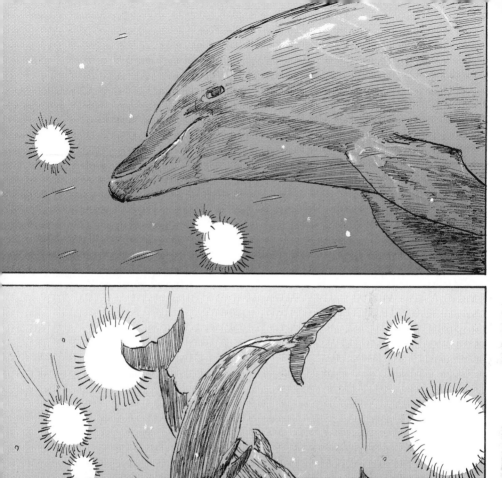
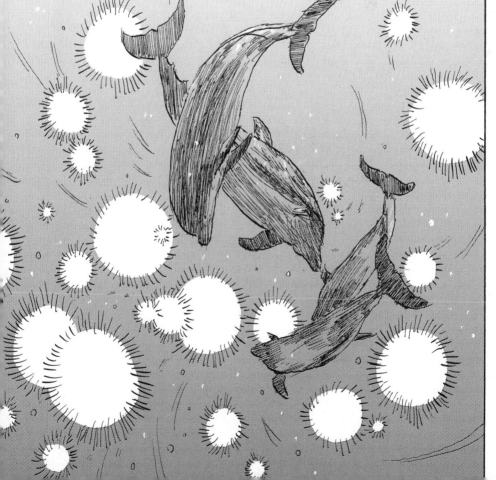

ザアアアアア
（嘩啦啦啦啦啦）

カ
ニ
ッ

（鏗）

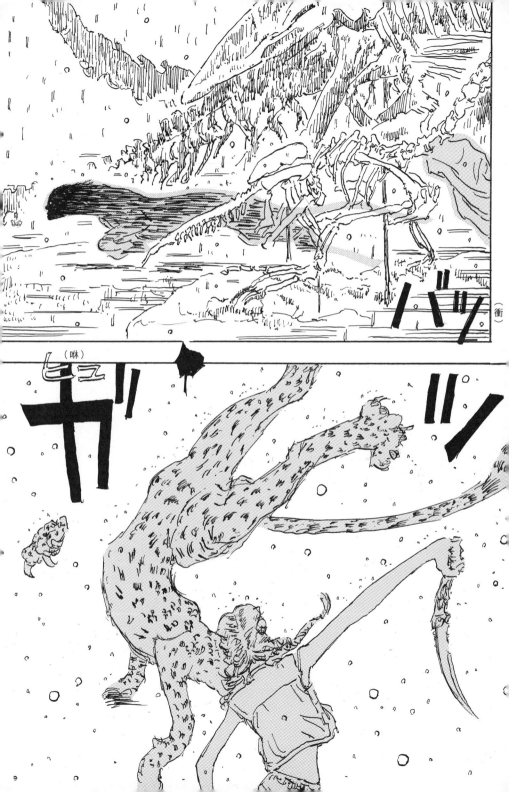

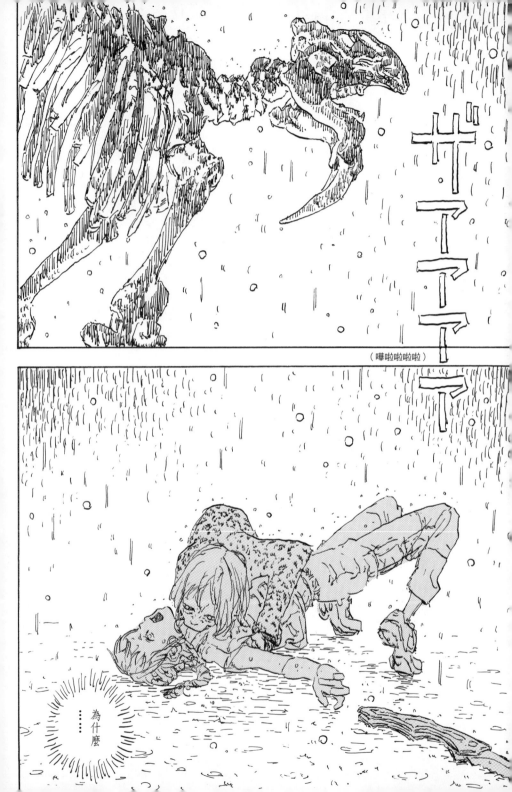

（喀啦）

（啪滋）

我第一次見到老師是個偶然。

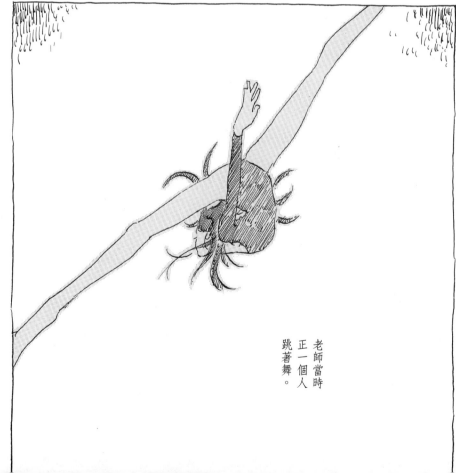

老師當時正一個人跳著舞。

猶如講習時
看過的影片裡的
水中芭蕾。

那是
我第一次，

看見
「美麗」的事物。

請你收下這個…

我正被人跟蹤。

我是記者。

你是…什麼事？

你看著辦吧，我被盯上了。 走了。

你要我做什麼？

山孟都…生科研相關的內容。

這是什麼的檔案？

……

出現啦。

給我也沒用啊…

絕對反對基因編輯

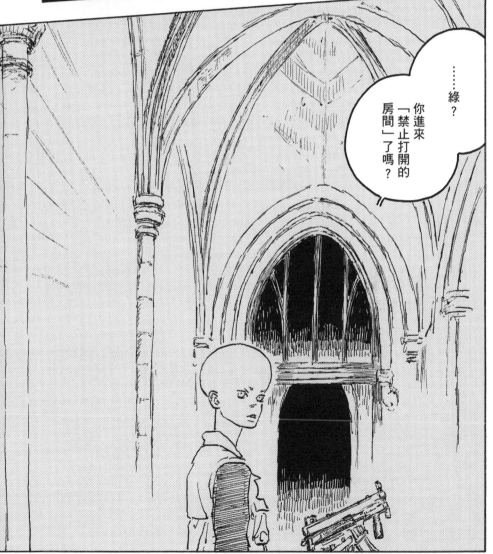

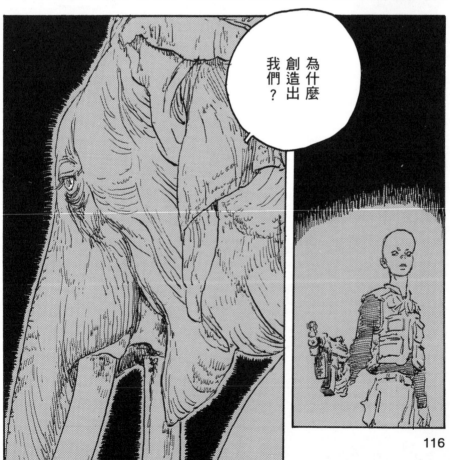

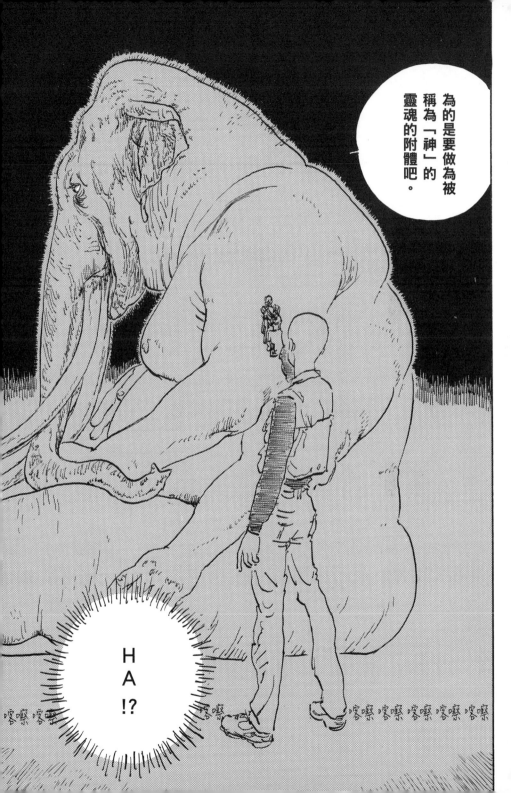

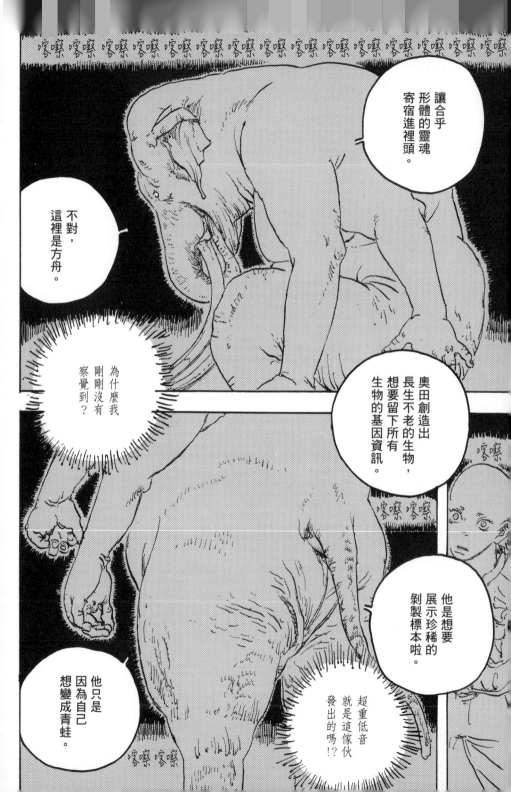

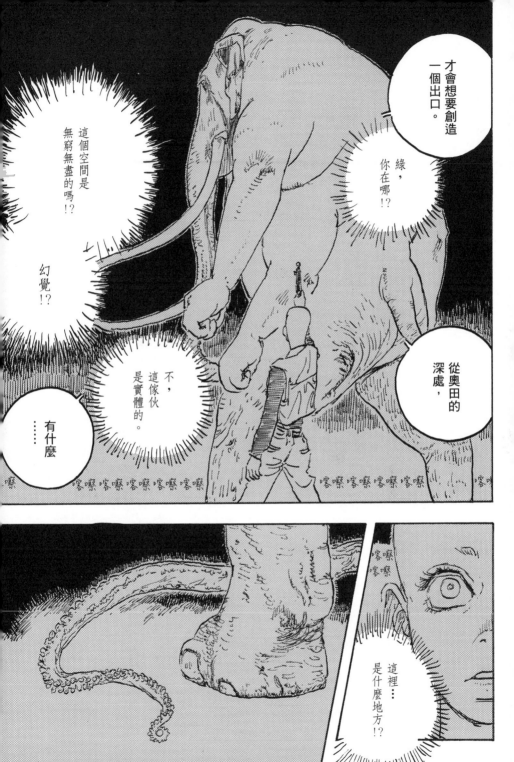

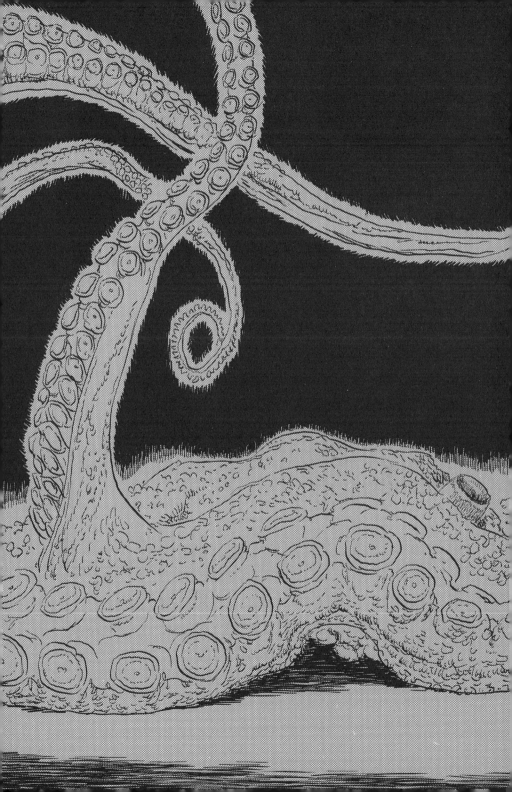

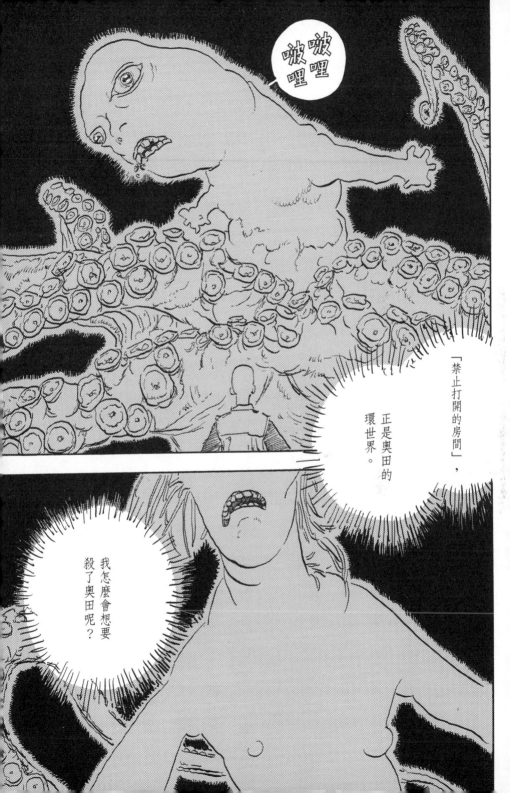

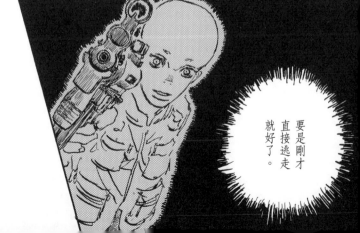

要是剛才直接逃走就好了。

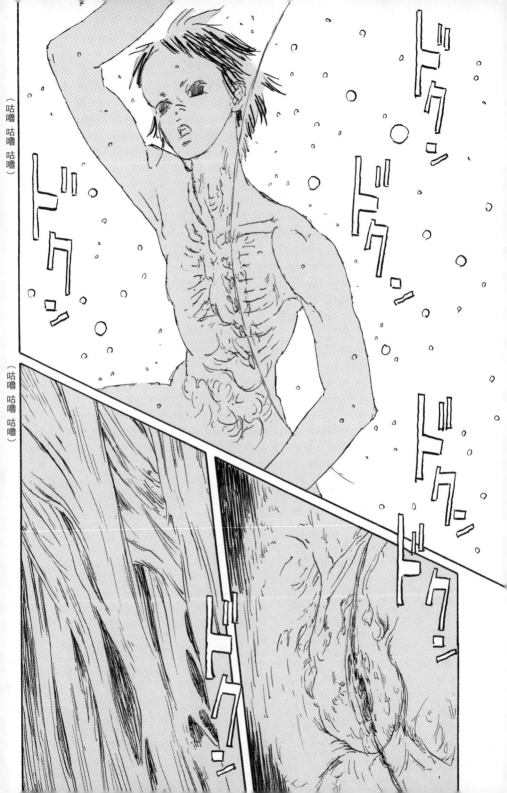

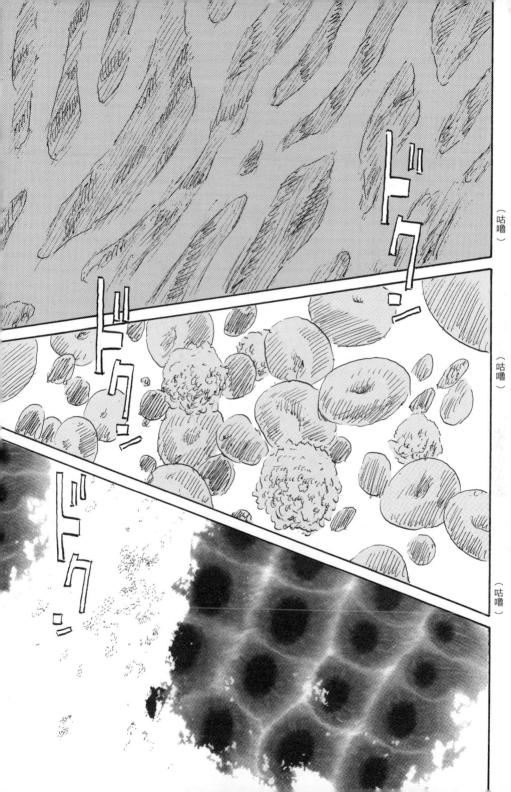

（咕嚕）

（咕嚕）

（咕嚕）

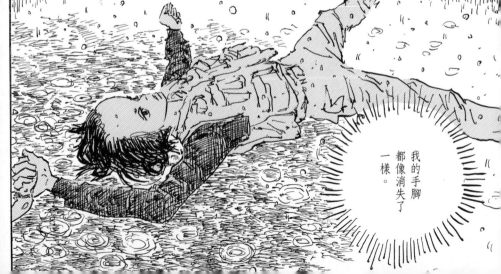

海豚是為了搜集資料開發的。

只不過是先行品種而已。

這是「蝙蝠」。

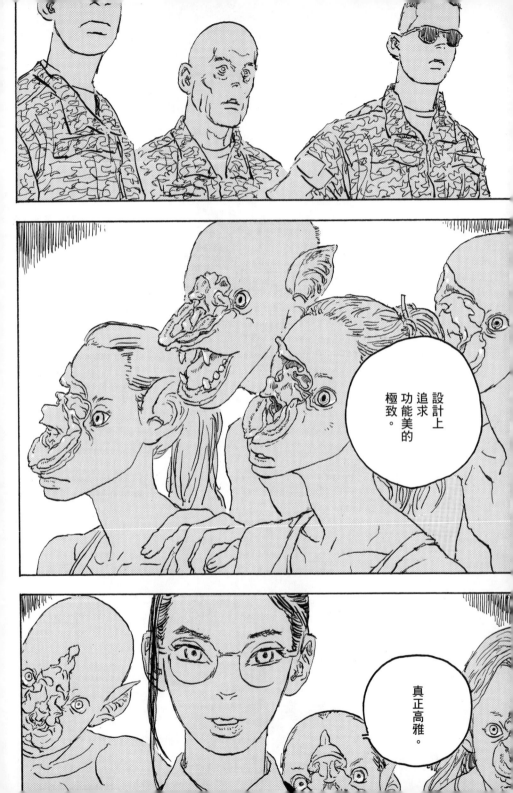

蝙蝠已經開始在七個戰爭衝突地區實戰運用。

也都已經準備好要量產了。

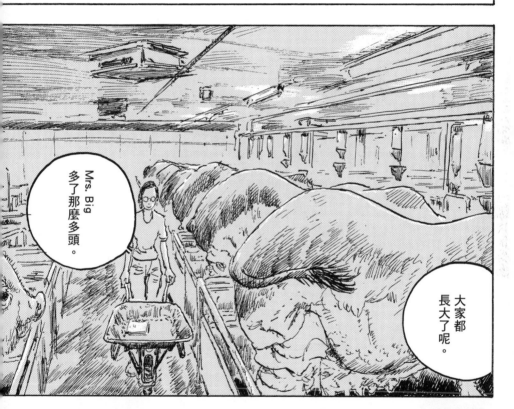

Mrs. Big多了那麼多頭。

大家都長大了呢。

奧田先生一定也很開心。

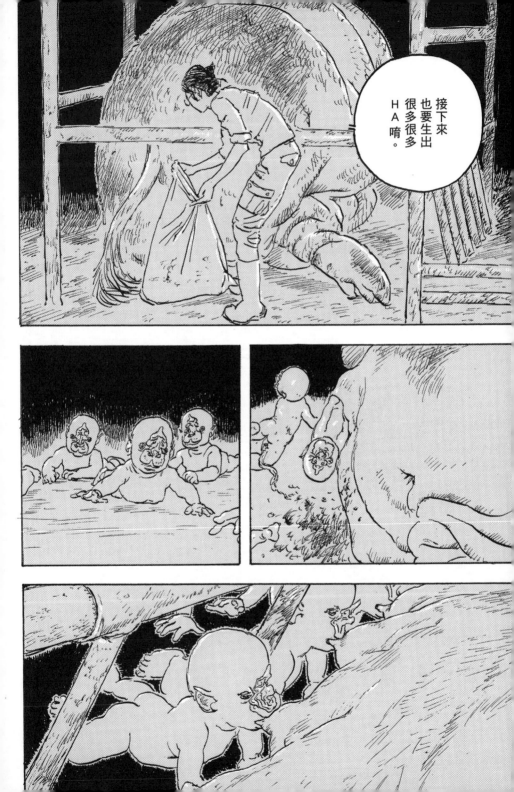

接下來
也要生出
很多很多
ＨＡ唷。

（嘩啦啦啦啦…）

我的兒子，

到底為什麼非死不可呢？

ザァァァ⌒…

保羅似乎是和維多利亞合作，要設計出一種腸內細菌，能從植物纖維素製造出胺基酸呢。

妳沒被殺掉可真好運⋯
⋯算了。

哎呀！跟我的研究一模一樣！

好巧！

為了因應這項革新去做資料蒐集，才是HA和軍事行為之間理想的關係啊。

HA在軍事運用上的優勢不會一直持續下去。

未來勢必會有技術革新。

SETI社群似乎都興奮不已呦。

最近接收到來自宇宙的神祕訊號，

⋯⋯

※SETI⋯⋯英文「Search for extraterrestrial intelligence」的縮寫，為尋找來自地球外智慧生命體的宇宙文明的計畫統稱。

不過後來發現那個訊號發出的位置，是衛星軌道上的宇宙實驗太空站的殘骸。

用來調整小行星環境的植物，有必要有那種東西嗎？

調查了那拉植物的植物樣本之後，竟然發現類似神經系統的組織。

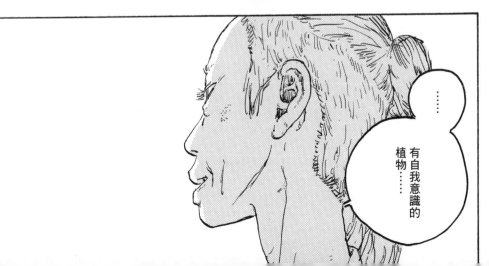

……有自我意識的植物……

因為其中一隻失控，海豚整群都擱淺了。

雖然稱不上一如預期，就結果而言倒是證明了安全性。

ＨＡ就算失控，只要殺掉個體就能收拾平息。遠比病毒什麼的還容易控制。

也不會發生大規模感染，算是很有良心的技術了。

那拉植物計畫會怎麼樣呢？

嗯？

喔！

燒得不錯唷。

感覺是要送人的。

第一次就做得不錯呢。

他……什麼時候會來拿呢？

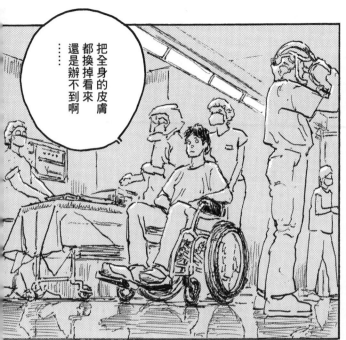

把全身的皮膚都換掉看來還是辦不到啊⋯⋯

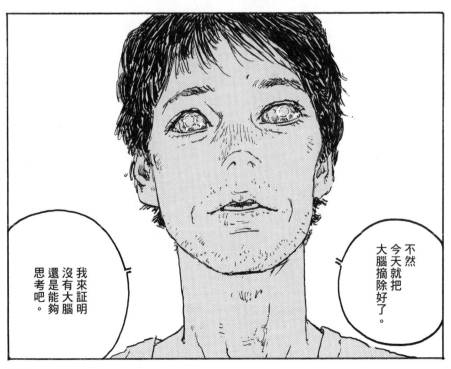

不然今天就把大腦摘除好了。

我來証明沒有大腦還是能夠思考吧。

157

啊。

這是…

阿萬的鱗片……

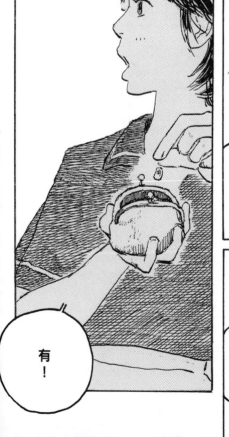

有！

潔絲敏。

打盹
打盹

我來了！

大小姐。

咚
咚

請問，

我給您送來
這個……
勞作用？
的皮革？

這是…
要用來
做什麼的呢？

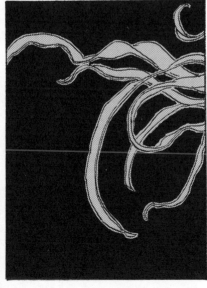

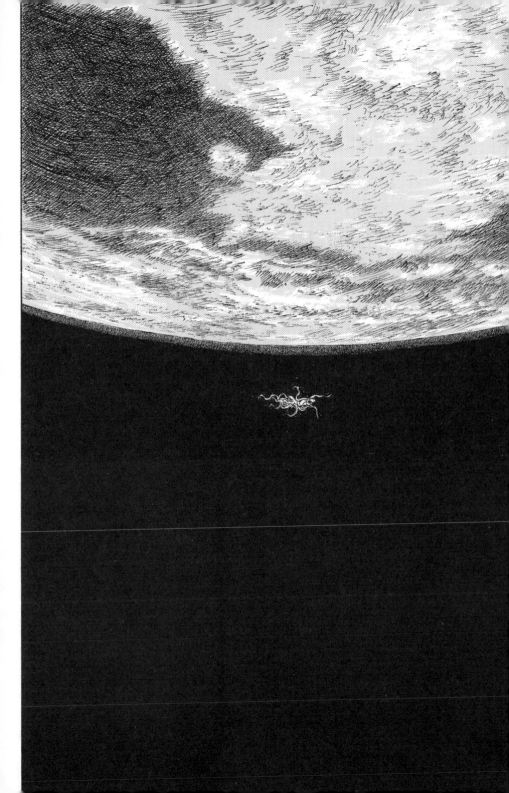

designs

END

ISBN 978-986-235-881-8
版權所有‧翻印必究（Printed in Taiwan）
售價：220 元

本書如有缺頁、破損、倒裝，請寄回更換

PaperFilm FC2058

Designs 5

2021 年 1 月　一版一刷

作　　　　者／五十嵐大介
譯　　　　者／謝仲庭
責 任 編 輯／謝至平
行 銷 企 劃／陳彩玉、楊凱雯、陳紫晴
中文版裝幀設計／馮議徹
排　　　　版／傅婉琪
編 輯 總 監／劉麗真
總 經 理／陳逸瑛
發 行 人／涂玉雲
出　　　　版／臉譜出版
　　　　　　　城邦文化事業股份有限公司
　　　　　　　台北市民生東路二段141號5樓
　　　　　　　電話：886-2-25007696　傳真：886-2-25001952
發　　　　行／英屬蓋曼群島商家庭傳媒股份有限公司城邦分公司
　　　　　　　台北市中山區民生東路二段141號11樓
　　　　　　　客服專線：02-25007718；25007719
　　　　　　　24小時傳真專線：02-25001990；25001991
　　　　　　　服務時間：週一至週五上午09:30-12:00；下午13:30-17:00
　　　　　　　劃撥帳號：19863813　戶名：書虫股份有限公司
　　　　　　　讀者服務信箱：service@readingclub.com.tw
　　　　　　　城邦網址：http://www.cite.com.tw
香港發行所／城邦（香港）出版集團有限公司
　　　　　　　香港灣仔駱克道193號東超商業中心1樓
　　　　　　　電話：852-25086231　傳真：852-25789337
新馬發行所／城邦（新‧馬）出版集團
　　　　　　　Cite（M）Sdn. Bhd.（458372U）
　　　　　　　41-3, Jalan Radin Anum, Bandar Baru Sri Petaling,
　　　　　　　57000 Kuala Lumpur, Malaysia.
　　　　　　　電話：603-90563833　傳真：603-90576622
　　　　　　　電子信箱：services@cite.my

作者／五十嵐大介
日本指標性大獎「文化廳媒體藝術祭漫畫部門優秀賞」二度得主。1969年於埼玉縣熊谷市出生，現居神奈川縣鎌倉市。多摩美術大學美術學系繪畫科畢業。1993年獲得月刊《Afternoon》冬季四季大賞後於同月刊出道。1996年起停止發表新作，移居東北開始一邊作畫一邊務農的自給自足生活，而後於2002年以《小森食光》一作重啟連載。他以高超的作畫能力及對大自然纖細的描寫著稱。2004年及2009年分別以《魔女》及《海獸之子》兩度獲得日本文化廳媒體藝術祭漫畫部門優秀賞。臉譜已出版作品另有《南瓜與我的野放生活》、《小森食光》（1、2）、《凌空之魂：五十嵐大介作品集》、《環世界：五十嵐大介作品集》。

譯者／謝仲庭
音樂工作者、吉他教師、翻譯。熱愛音樂、書本、堆砌文字及轉化語言。譯有《悠悠哉哉》、《攻殼機動隊1.5》、《寶石之國》系列 等。